*Ich wünsche allen Lesern und Leserinnen
eine stimmungsvolle Weihnachtszeit*

Warum der Bär seinen Winterschlaf verpasste

Das Laub der Bäume färbte sich rot und leuchtend gelb.

Der Herbst mit seinen kalten Winden und bunten Farben kündigte die vierte Jahreszeit an.

Dies war die Zeit, in der die Tiere damit beschäftigt sind, Vorräte für den langen, kalten Winter zu sammeln. Einige Tiere gehen den ganzen Winter schlafen. Mollig dick und rund wollen sie sein, bevor sie in den Winterschlaf gehen, damit ihnen nicht zu kalt wird und sie genug Kraft für den langen Winter haben.

Wir können Tiere im Wald beobachten. Eichhörnchen sehen, wie sie emsig Nüsse, Eicheln und Kastanien sammeln. Und wenn man ganz viel Glück hat, sieht man einen Fuchs einen der Waldwege überqueren, Kaninchen kann man sehen, die über Lichtungen und die benachbarten Wiesen huschen. Sie polstern ihre Höhlen für die kalte Jahreszeit mit trockenem Gras und Blättern aus. Überall im Wald raschelt es. Da sind die Igel, die sich für ihren Winterschlaf noch schnell ein wenig Fett anfuttern wollen. Zudem sind da viele Vögel, die in den Blättern nach Würmern und Käfern suchen. Auch kleine Feldmäuse mit ihren lustigen Knopfaugen, die ihre Höhlen und Gänge bauen.

In diesem Wald lebte einst neben den Igeln, den Füchsen und Kaninchen auch ein Braunbär, der sich wie jeden Herbst daran machte, für drei Monate Winterschlaf zu halten. Er war gerade dabei, viele nützliche Dinge, die er im Wald fand, in seine Höhle zu tragen und sich aus Laub ein weiches Lager zu bauen. Er sammelte Beeren und allerlei Leckereien und legte sie an eine saubere Stelle in seiner Höhle, damit er etwas zu essen hatte, sollte er während seines Winterschlafs kurz einmal aufwachen. Während er all das vorbereitete, brummte er zufrieden.

Am Nachmittag tapste er noch einmal durch den Wald, um nach einem Bienenstock mit Honig Ausschau zu halten. Honig war seine Lieblingsspeise, doch diesen Herbst hatte er noch keinen gefunden.

Da sah er eine Fuchsfamilie, die auf einer Lichtung im Kreise saß.

Der Bär war neugierig. Er hielt inne, duckte sich und schlich, so leise er konnte, näher.

Der Fuchsvater saß auf einem Stein und erzählte seinen Kindern und seiner Frau eine Geschichte.

Der Bär freute sich, denn er liebte Geschichten. „Ich möchte zuhören", sprach er, „aber ich will die Fuchsfamilie nicht stören!" Er setzte sich gemütlich hinter einen Strauch und hörte zu. Es war eine wunderschöne Geschichte, die Vater Fuchs erzählte.

Der Fuchs berichtete von einem Weihnachtsfest der Liebe, der Freundlichkeit und Hilfsbereitschaft, das aber nur von den Menschen gefeiert werden würde, und dass der Geist der Weihnacht die Menschen dazu anregte, Gutes zu tun.

Von all dem hatte der Bär noch nie etwas gehört. Er wollte weiter der freundlichen Stimme des Fuchsvaters lauschen, doch die Fuchsfamilie sprang auf und verschwand in ihrem Bau. Irgendetwas musste sie erschreckt haben.

„Schade", sagte der Bär, „gerne hätte ich noch mehr über dieses Fest erfahren. Es muss etwas ganz Besonderes sein, wenn es so viel Liebe in einem weckt!"

Da es aber langsam dunkel wurde, machte er sich auf den Weg zurück in seine Höhle.

Am nächsten Tag ging er wieder zu der gleichen Stelle, in der Hoffnung, mehr über dieses geheimnisvolle Fest zu erfahren. Er hatte Glück, die Fuchsfamilie war wieder da und der Vater erzählte seiner Familie erneut von dem besonderen Fest. Seine

Stimme klang geheimnisvoll. Wieder schlich sich der Bär hinter den Strauch und lauschte neugierig weiter.

Vater Fuchs sprach: „Das Fest findet immer mitten im Winter statt. Die Menschen haben viele Rituale, die ihnen Freude bereiten und Mut machen. Zu uns kommen sie in den Wald und holen sich Tannenbäume, die sie zu Hause mit bunten Kugeln und vielen Lichtern schmücken. In den Fenstern stehen Kerzen, die am Abend leuchten. Auch hoffen die Menschen, dass es zu Weihnachten schneien wird. Denn wenn es geschneit hat und die Landschaft so aussieht wie mit Puderzucker bestreut, dann glitzert das Kerzenlicht wie kleine Kristalle und Edelsteine im Schnee."

Vater Fuchs blieb eine Weile still und schaute träumerisch vor sich hin.

Dann sprach er weiter: „Aus den Häusern duftet es nach Orangen, Zimt und Schokolade, nach Honig und Vanille. Am Abend liegt ein Duft von leckerstem Essen in der Luft. Warnend fügte er hinzu: "Lasst euch nicht davon locken und wagt es nicht, in die Häuser der Menschen zu laufen und etwas zu naschen, die Menschen würden euch fangen!" Dann sprach er mit sanfter Stimme weiter, „In den Fenstern stehen Kerzen, die am Abend leuchten. Die Menschenkinder sind gerade in dieser Zeit sehr fröhlich und besonders gehorsam. Angeblich kommt am Heiligen Abend jemand und legt Geschenke unter den geschmückten Tannenbaum.

Die Fuchskinder unterbrachen ihren Vater aufgeregt: „Bekommen wir auch Geschenke?"

„Nein!", lachte Vater Fuchs, „das Weihnachtsfest ist ein Fest nur für die Menschen, nicht für uns Tiere!"

„Weihnachtsfest", sagte der Bär leise und lächelte. „Welch zauberhafter und wundervoller Klang in diesem Wort liegt." Er war nun fest entschlossen, mehr über dieses Fest zu erfahren und alle im Wald lebenden Tiere zu fragen, was sie über das

Weihnachtsfest zu erzählen wussten. Gleich am nächsten Tag würde er sich auf den Weg machen.

Wie am Vortag erschrak der Fuchsvater wegen eines Geräusches im Wald und die Fuchsfamilie verschwand schnell in ihrem Bau. Da stand auch der Bär auf und lief entschlossen und voller Vorfreude zurück zu seiner Höhle. Dort packte er aus den Leckereien seines Vorrats ein Bündel Proviant für seine Reise, denn er wollte mehrere Tage unterwegs sein. Ohne weiter an seinen Winterschlaf zu denken, legte er sich auf sein Lager und machte seine Augen zu.

Doch in der Nacht konnte er kaum schlafen, so aufgeregt war er. Am nächsten Morgen schnappte er sich sein Proviantpäckchen und machte sich auf den Weg.

Gleich zu Anfang traf er ein Eichhörnchen, das gerade Nüsse sammelte.

„Hallo Eichhörnchen", sagte er vorsichtig, um es mit seiner tiefen Stimme nicht zu erschrecken.

Das Eichhörnchen sprang auf einen Ast, damit es dem Bären in die Augen schauen konnte und sagte keck: „Ja bitte, Bär, was gibt es denn?"

Der Bär fragte das Eichhörnchen: „Kannst du mir etwas über das Weihnachtsfest der Menschen erzählen?"

„Oh", sagte das Eichhörnchen, „im Winter liege ich meistens in meiner Baumhöhle und laufe wenig umher. Aber die Luft ist voller Glockengeläut und aus den Häusern höre ich Musik und Gesang. Schöne, ruhige Klänge. Sonst weiß ich leider nichts, tut mir leid, Bär. Ich muss weiter Nüsse sammeln. In der nächsten

Nacht soll es frieren und dann verlasse ich meine Baumhöhle nicht mehr gerne. Mach's gut!" Und ehe der Bär noch etwas erwidern konnte, war das Eichhörnchen schon fort. Er freute sich sehr über die Erzählung des Eichhörnchens und zog summend seines Weges.

Als der Bär eine Weile weitergegangen war, traf er das Kaninchen.

„Hallo Kaninchen", begrüßte er es fröhlich, „kannst du mir von dem Weihnachtsfest der Menschen berichten?" „Oh", sagte das Kaninchen, „ich mag lieber nicht daran denken. Wir Kaninchen, Gänse und auch Enten müssen an diesen Tagen gut auf uns aufpassen, sonst landen wir als Festbraten auf dem Tisch der Menschen."

Der Bär staunte und fragte: „Muss ich auch vorsichtig sein?"

„Nein!", lachte das Kaninchen. „Du bist ein wenig zu groß für ein Festbraten." Mit diesen Worten wünschte es dem Bären noch einen schönen Tag und hoppelte in seinen Bau.

Der Bär war traurig darüber, dass das Weihnachtsfest nicht gut für manche Tiere war, damit hatte er nicht gerechnet. Nachdenklich schaute er an sich herunter und rieb seinen dicken Bauch.

Er wanderte noch ein Stück weiter, doch er wurde müde. Also setzte er sich unter einen Baum und aß etwas von seinem Proviant. Da fiel ihm das Kaninchen ein und dass es gesagt hatte, dass es nicht an Weihnachten denken mochte. So sagte er laut und entschlossen vor sich hin: „Ich wünschte, wir könnten alle Weihnachten feiern, die Tiere ohne Angst und mit den Menschen zusammen.

Ein Fest der Liebe für uns alle, das wäre gut!"

Kurz darauf war er der Bär unter dem Baum eingeschlafen und hielt ein Nickerchen. Als er erwachte, begann es bereits zu dämmern. So beschloss er, nach einem geeigneten Lager für die Nacht Ausschau zu halten.

Plötzlich flatterte etwas um seinen Kopf herum. Er sah auf und entdeckte eine Eule. Sie setzte sich auf einen Ast über ihn und fragte neugierig: „Huhu du, welch seltener Besuch! Du bist aber schon weit gelaufen. Huhu, am anderen Ende des Waldes wohnst du! Huhu, auf meinem Flug habe ich dich schon ein paar Mal gesehen. Huhu, was treibt dich her?"

Bei sich dachte der Bär: ‚Das ist aber eine neugierige Eule.'

Dennoch beschloss er, sie zu fragen, denn sie kam weit herum und konnte ihm bestimmt etwas über das Weihnachtsfest erzählen. Höflich sagte er: „Wie gut, dass ich dich treffe, liebe Eule, denn du kommst weit herum und kannst mir bestimmt etwas über das Weihnachtsfest und die Menschen erzählen!" So befragte er sie und die Eule freute sich so sehr darüber, dass sie ganz aufgeregt ihre Federn plusterte und ihren Kopf drehte. „Huhu, huhu, ich habe viel zu erzählen! Ich hatte den ganzen

Tag Ruh und bin die gute lange Nacht wach! Huhu! Such dir ein Lager und mach es dir gemütlich, dann erzähle ich dir alles, was ich weiß!"

Sie fühlte sich jetzt sehr wichtig und fügte prahlerisch hinzu:

„Huhu, huhu, du fragst genau die Richtige, ich sitze jedes Jahr in der Tanne neben dem Haus und beobachte alles, wenn die Menschen das Weihnachtsfest feiern!"

Der Bär wurde ganz unruhig, fand ein Lager, schob noch schnell ein wenig Laub zusammen und machte es sich bequem.

Die Eule hockte sich auf einen Ast und erzählte, bis weit über ihnen die Sterne funkelten. Gespannt hörte der Bär zu. Sein Herz wurde ganz warm. Nun war sein Wunsch, Weihnachten zu feiern, so groß, dass er alles daransetzen wollte, dass dieser Wunsch auch in Erfüllung ging.

Er fragte die Eule, ob sie mit ihm Weihnachten feiern wolle, aber die Eule sagte: „Nein, Bär, das ist ein Fest für Menschen, nicht für uns Tiere." Und gähnend fügte sie hinzu: „Sei mir nicht böse, ich bin jetzt hungrig und verabschiede mich!"

Der Bär bedankte sich für ihre lebhafte Erzählung. Dann flog die Eule fort.

Es war bitterkalt in dieser Nacht, doch der Bär lag noch lange wach und sah in die Sterne. Etwas war anders als sonst, doch er kam nicht darauf, was es war.

Dann schlief er ein und träumte von Glockengeläut und Kinderlachen.

Als die Sonne ihn an der Nase kitzelte und er seine Augen öffnete, da sah er voller Verwunderung einen kleinen Jungen und ein kleines Mädchen, die vor ihm standen.

Er erschrak, denn er hatte nicht damit gerechnet, im Wald Menschen anzutreffen. Die Kinder aber fürchteten sich nicht vor ihm, und so fragte er sie: „Na ihr zwei, was macht ihr am frühen Morgen schon im Wald?"

Die Kinder schauten ihn verdutzt an. Dann lachten sie und zeigten zur Sonne, die bereits hoch am Himmel stand.

„Du bist ja witzig, es ist gleich Mittag, du Langschläfer!", hänselten sie ihn. Verlegen blickte der Bär auf den Boden.

„Wir sind auch gar nicht im Wald, wir sind hier hinter unserer Scheune", sagten sie weiter.

Der Bär erschrak. Er sprang so tapsig auf, dass die Kinder nicht anders konnten, als laut zu lachen. Verdutzt stand der Bär nun auf der Wiese, schaute sich um und sah, dass er die Nacht unter einem Baum neben einer Scheune verbracht hatte.

Mit einem Mal war all sein Mut verflogen. Vater Fuchs hatte ja gesagt, die Menschen würden die Tiere fangen.

Er wollte, so schnell er konnte, zurück in den schützenden Wald laufen, doch er wollte auch so gerne mit den Menschen Weihnachten feiern.

So kam es, dass er stumm und zitternd vor den Menschenkindern stand und sich gar nicht bewegen konnte.

Die Kinder schauten den Bären jedoch fröhlich an und sagten: „Bär, du musst keine Angst haben. Sag, was hat dich hierhergeführt?"

„Das Weihnachtsfest!", rief der Bär wie selbstverständlich.

Die Kinder freuten sich sehr. Sie riefen: „Au, fein, dann wirst du in diesem Jahr unser Überraschungsgast. Du kannst mit uns Weihnachten feiern!"

Da fragte der Bär überrascht: „Ja, geht denn das überhaupt? Weihnachten ist doch ein Fest nur für die Menschen."

„Ach, Quatsch", sagten die Kinder, „jeder darf Weihnachten feiern!"

„Aber ich kann doch nicht in eurem Haus mit euch zusammen sein. Wie wollt ihr das denn anstellen?", fragte der Bär beschämt.

„Warum denn nicht?", sagte der Junge da belustigt.

„Na, weil ich ein Bär bin und eure Eltern sich vielleicht vor mir fürchten", sagte der Bär. „Außerdem habe ich keine Geschenke mitgebracht."

Die Kinder jedoch lachten, hakten sich beim Bären unter und sagten: „Du bist ein Bär, wo willst du die auch herbekommen? Es sind noch ein paar Tage bis Weihnachten. Wir müssen dich erst einmal verstecken. Am besten bringen wir dich in unsere Scheune. Da ist es warm und gemütlich."

Sie führten den Bären in die Scheune und bauten ihm ein weiches Lager aus Heu.

Später kamen die Kinder mit Decken für das Lager, Keksen und Kakao aus dem Haus zurück und gesellten sich zu ihm.

Während sie gemeinsam ein Picknick machten, erzählte das Mädchen, wie ihre Familie das Weihnachtsfest feierte, welche Vorbereitungen getroffen wurden und dass sie in jedem Jahr die Tradition pflegten, einen zusätzlichen Platz am Tisch zu decken und ein Geschenk bereitzuhalten, für den Fall, dass ein armer Mensch oder ein Reisender

oder einfach nur ein Überraschungsgast auftauchen würde. Seit Jahren machten sie das so. Am Heiligen Abend war schon einmal eine Tante spontan vorbeigekommen und da waren alle froh, dass sie einen Platz mehr mit eingeplant hatten. Doch seitdem war der Platz immer leer geblieben. Warum sollte in diesem Jahr nicht ein Bär diesen Platz einnehmen?

„Ich würde gerne das Weihnachtsfest mit euch zusammen feiern! Meint ihr, ich bekomme sogar ein Geschenk?", rief der Bär da begeistert. Dabei leuchteten seine Augen so, dass sich die Kinder sehr freuten und seine Frage spontan mit ‚Ja' beantworteten. Natürlich wussten sie noch nicht, was dieses Geschenk genau sein würde, aber sie wollten gerne etwas für ihren neuen Freund finden.

Die Kinder baten den Bären, am Tage im Wald zu bleiben, damit die Eltern ihn nicht entdeckten. Wenn es dunkel werden würde, würden sie ihn dann in die Scheune lotsen. Den Eltern, so versprachen sie, würden sie schonend beibringen, dass sie in diesem Jahr zum Weihnachtsfest einen Bären zu Gast hätten.

An den folgenden Tagen hielt sich der Bär, wie besprochen, im Wald auf und schlief des Nachts in der Scheune. Begegnete ihm ein Waldbewohner, erzählte der Bär ihm sogleich vom Weihnachtsfest. Wenn er dann stolz berichtete, dass er in diesem Jahr mit den Menschen zusammen Weihnachten feiern würde, zeigten ihm seine Zuhörer einen Vogel und lachten ihn aus. Aber der Bär berichtete unbeirrt von allem, was er gehört und erfahren hatte, und sagte: „Lacht ihr nur! Am Weihnachtstag werdet ihr es sehen.“

Die Kinder derweil waren sehr unbekümmert und berichteten den Eltern frei heraus, wer in diesem Jahr der Überraschungsgast sein wird. Die Eltern lachten und sagten: „Das habt ihr euch schön ausgedacht, wir sind sehr erstaunt über eure Fähigkeit, Geschichten zu erzählen!“

Die Kinder merkten nicht, dass die Eltern sie nicht ernst nahmen, und erzählten, wie sie den Bären kennengelernt hatten und wie lange er gereist war, nur um mehr über das Weihnachtsfest zu erfahren. Die Eltern schmunzelten fortwährend. Doch schließlich sagte der Vater: „Kinder, nun ist es gut, eure Geschichte ist nett, aber ihr müsst jetzt schlafen gehen. Bis Weihnachten möchten wir nichts mehr von eurem besonderen Gast hören, haben wir uns verstanden?“

Die Kinder wunderten sich, aber sie schwiegen und waren zuversichtlich, dass die Eltern nachher nicht einfach sagen konnten, sie hätten sie nicht gewarnt.

Jeden Abend vor dem Abendbrot ließen die Kinder den Bären in die Scheune, lasen ihm eine Weihnachtsgeschichte vor und sangen mit ihm Weihnachtslieder. Der Bär freute sich sehr auf das Weihnachtsfest. Allerdings sorgte er sich zunehmend, weil er keine Geschenke für die Familie hatte. Und so halfen ihm die Kinder, Geschenke zu finden.

Gemeinsam bauten sie einen Besen aus Reisig, den er der Mutter schenken konnte. Für den Vater kamen sie auf die Idee, dass der Bär bis zum Frühjahr das Brennholz hacken könnte, um ihm die schwere Arbeit abzunehmen.

Nun war der Bär so glücklich darüber, etwas geben zu können, worüber sich die anderen freuen würden, dass seine Dankbarkeit für das Weihnachtsfest immer größer wurde.

Es war bitterkalt geworden und der Bär, der ja die Vorbereitungen für seinen Winterschlaf für die Suche nach dem Weihnachtsfest unterbrochen hatte, fror trotz seines dicken Pelzes schon am Tage. Die Kinder gaben ihm für die Tagesausflüge in den Wald eine dicke Decke und einen Proviantkorb mit. Den Proviant teilte er meist mit seinen Zuhörern. Mittlerweile lachten die anderen Tiere auch nicht mehr über ihn. Der Bär hatte sich mit seinen Geschichten im ganzen Wald bekannt gemacht, und so gesellten sich immer mehr Tiere zu ihm, um seinen Erzählungen zu lauschen. Der Bär erzählte die Geschichten und sang die Lieder, die er am Abend zuvor von den Kindern gehört hatte.

Am Tag vor Weihnachten schließlich erzählte er seinen Zuhörern die Weihnachtsgeschichte von Maria, Josef und der Geburt des Jesuskindes. Da waren sich die Tiere alle einig darüber, dass dies ihre Lieblingsgeschichte war, weil auch Esel, Schafe, Kühe und Hunde darin vorkamen. Mit einem Mal war ihnen eines ganz klar:

Das Weihnachtsfest war nicht nur ein Fest für die Menschen.

Derweil musste der Vater in die Scheune gehen, um den Tannenbaumständer zu holen, denn sie wollten das Weihnachtszimmer schmücken und den Baum aufstellen. Als er die Scheune betrat, rümpfte er die Nase. Es roch so seltsam und unbekannt, dass er sich bis hinauf auf den Heuboden schnupperte, um nach dem Grund für diesen Geruch zu schauen. Er sah das Lager, welches die Kinder für den Bären gebaut hatten, und wunderte sich, was die Kinder wohl wieder gespielt hatten. Gleichzeitig überkam ihn da so ein Gefühl, die Kinder könnten die Erzählung über den Weihnachtsgast vielleicht doch ernst gemeint haben. Aber als er ins Haus zurückkam, um mit den Kindern den Baum aufzustellen und zu schmücken, hatte er diesen Gedanken schon längst wieder vergessen.

Am Abend dann baute die Familie im Weihnachtszimmer die Krippe auf und deckte den Tisch für Heilig Abend feierlich ein.

Wie in den vergangenen Jahren stellten sie auch das Zusatzgedeck für den eventuell eintreffenden Weihnachtsgast bereit. Danach wurde der Raum verschlossen, bis der Vater am Weihnachtsabend zur Bescherung läutete.

Der Bär, der aus dem Wald kam, schaute zum Haus und konnte  gerade noch einen Blick in die gute Stube werfen, bevor die Mutter die Vorhänge zuzog. Und was er da sah, erfreute sein Herz! So viel Sauberkeit, Glanz und Schmuck hatte er noch niemals zuvor gesehen. Er glaubte, vor Freude und Spannung zerspringen zu müssen.

Jetzt musste er nur noch einmal schlafen, dann war es so weit!

Die Tiere im Wald fieberten mit ihm mit, und als er traurig berichtete, dass er für die Kinder kein Geschenk habe, halfen ihm die Tiere und sagten, dass sie ein Treffen im Wald veranstalten würden und die Kinder alle Tiere kennenlernen und streicheln dürften.

Der Bär war über so viel Teamgeist und Unterstützung in seiner Sache begeistert, ja sogar zu Tränen gerührt. Der Geist der Weihnacht würde sie alle zusammenbringen und für ein friedliches Miteinander und gute Taten sorgen, darüber waren sich nun der Bär und alle Tiere einig.

Am Weihnachtstag durfte der Bär schließlich den ganzen Tag in der Scheune verbringen. Die Kinder brachten ihm warmes Wasser, mit dem er sich waschen, und eine Bürste, mit der er sein Fell bürsten konnte. Auf dem Rücken kämmten die Kinder den

Bären, das gefiel ihm. Sie putzten und klopften ihm das Fell, bis kein Staub mehr herauswirbelte.

Mit glänzendem Fell stand der Bär nun vor den Kindern, die ihn bei den Tatzen nahmen und ihn zum Haus führten.

Vor der Haustür jedoch überkam den Bären Furcht und er wollte kehrtmachen, aber die Kinder öffneten die Tür und ein unwiderstehlicher Geruch nach Gebratenem und ein süßer Duft von Honig und Ingwer stieg ihm in die Nase. Er konnte nicht widerstehen. Die Mutter blickte kurz zur Tür, als sie gedankenversunken daran vorbeiging und sagte: „Hallo Kinder, da seid ihr ja, bitte wascht euch die Hände, gleich gibt es Bescherung und dann wird gegessen!" „Sie hat den Bären nicht gesehen", flüsterten die Kinder.

Die Mutter lief weiter, kam aber nach kurzer Zeit schon im Rückwärtsgang zurück. Mit aufgerissenen Augen und leicht hysterischen Gesichtszügen fragte sie: „Wer oder was ist das?"

Die Kinder antworteten vorwurfsvoll: „Mama, hörst du denn nicht zu, wir haben dir doch von unserem Weihnachtsgast erzählt."

Vor Schreck plumpste die Mutter auf der Stelle auf den Boden und sah den Bären verdutzt an. Sie war ganz blass geworden. Der Bär aber sah nicht minder erschreckt aus und drückte sich schüchtern an die Tür.

Da eilte der Vater heran und beugte sich zu seiner Frau herunter. „Was ist mit dir, Schatz?", fragte er. Die Mutter zeigte mit dem Finger auf den Bären. „Schau, wir haben einen Weihnachtsgast", stotterte sie.

Langsam sah der Vater herüber, er setzte sich vor Schreck gleich neben seine Frau auf den

Dielenboden und betrachtete für einen Moment die Kinder und den besonderen Gast.

Doch mit einem Mal verstand er: Die Kinder hatten ihnen rechtzeitig berichtet, dass es in diesem Jahr einen Überraschungsgast geben würde und dass es sich hierbei um einen Bären handelte. Sie hatten den Kindern nur nicht geglaubt. Da seine Kinder bereits ein so großes Herz bewiesen hatten, beschloss der Vater, nun ihrem Beispiel zu folgen und dem Bären Gastfreundschaft zu erweisen. Also stand er auf und half auch seiner Frau auf die Beine. „Schatz, lass uns unseren lieben, ganz besonderen Weihnachtsgast willkommen heißen. Es ist ja unhöflich, unseren Gast hier auf dem Fußboden sitzend zu empfangen."

Als seine Frau aufstand und die Farbe in ihr Gesicht zurückkehrte, gaben sie dem Bären mit einem Lächeln die Hand und sagten verlegen: „Sei willkommen, lieber Weihnachtsgast." Die Mutter schickte die Kinder zum Händewaschen und der

Vater läutete die Glocke, um alle zusammenzurufen, das Weihnachtszimmer zu öffnen. Die Kinder bekamen große Augen und konnten vor Vorfreude nicht stillstehen, so gespannt warteten sie darauf, endlich das Weihnachtszimmer betreten zu dürfen.

Es war dunkel im Zimmer, doch die vielen Lichter am Weihnachtsbaum verliehen dem Raum einen wundersamen Glanz.

Leise betraten sie das Zimmer und stellten sich neben dem Weihnachtsbaum vor die Krippe. Der Bär stand zwischen den Kindern staunend da und konnte sein Glück nicht fassen. Da standen die Menschen und die Tiere um die Krippe und feierten das Weihnachtsfest.

Nun stimmte der Vater ein Weihnachtslied an und die Mutter und die Kinder sangen mit. Die Kinder nickten dem Bären ermutigend zu und da sang auch er aus vollem Herzen mit, denn die Kinder hatten ihm alle Lieder beigebracht.

Danach bat die Mutter, dass nun jeder, auch der Gast, mithelfen möge, das gute und reichhaltige Essen ins Zimmer zu tragen. Gemeinsam stellten sie einer nach dem anderen die Schüsseln

und Teller auf den Tisch und nahmen schließlich ihre Plätze ein. Auf jedem Teller lag ein Geschenk.

Auch auf dem des Bären lag eines.

Die Mutter bat ihn, sein Geschenk als Erster zu öffnen. Vorsichtig entfernte er das bunte Papier.

„Ein Glas Honig!", rief der Bär glücklich aus. Könnt ihr euch vorstellen, wie groß seine Freude war? Er hatte schon ganz vergessen, wie sehnsüchtig er nach Honig gesucht hatte.

Der Mutter gefiel der Besen, den der Bär und die Kinder gemacht hatten, ganz besonders gut, denn er war einzigartig und nützlich, wenn es endlich schneien würde. Der Vater freute sich darüber, dass der Bär nun den ganzen Winter Holz hacken wollte, und nahm das Geschenk dankend an.

Nachdem alle ein Geschenk ausgepackt hatten, wurde gemeinsam gegessen.

Der Vater und die Mutter erzählten während des Essens lustige Geschichten aus ihrer Kindheit.

Die Kinder und der Bär lachten viel dabei. Und auch der Bär hatte Geschichten zu erzählen.

Niemand im Haus bemerkte, dass die Tiere mutig aus dem Wald herangekommen waren und neugierig durch das Fenster spähten. Sie freuten sich schon auf die Erzählungen des Bären,

denn das Bild, das sich ihnen im Weihnachtszimmer bot, war friedlich und liebevoll.

Über das Geschenk der Tiere haben sich die Kinder übrigens riesig gefreut. Wenn sie gewusst hätten, wer da alles vor ihrem Fenster stand!

Es war das wunderbarste Weihnachtsfest, das sie je gefeiert hatten, darüber waren sich alle einig!

Nun wusste der Vater, wem das Lager in seiner Scheune wirklich gehörte und auch, woher der Geruch kam, den er bemerkt hatte.

Der Vater und die Mutter sahen sich an und nickten sich stumm zu. Da lächelte der Vater und sagte dem Bären, dass er den Rest des Winters in der Scheune wohnen dürfe.

Und das war auch dringend nötig, denn der Bär hatte etwas völlig verpasst auf seiner Reise zum Weihnachtsfest:

Seinen Winterschlaf!

Für meine Enkelkinder

Autor: Martina Bohr

Verlag: BoD · Books on Demand GmbH, In de Tarpen 42,
22848 Norderstedt
Druck: Libri Plureos GmbH, Friedensallee 273,
22763 Hamburg
ISBN: 978-3-7693-0187-8